Bereits erschienen:

Alles Jula – *Wie ich das tollste Haustier der Welt bekam*

Alles Jula – Als mein Pony die Schule eroberte

Sandra Grimm

Alles Jula

Wie ich das tollste Haustier der Welt bekam

Illustriert von Vera Schmidt

Loewe

MIX
Papier aus verantwortungsvollen Quellen
FSC
www.fsc.org
FSC® C018236

ISBN 978-3-7432-0220-7
1. Auflage 2020

Umschlag- und Innenillustrationen: Vera Schmidt
Umschlaggestaltung: Ramona Karl
Printed in the EU

www.loewe-verlag.de

Inhalt

Kekse

Geheimes Tagebuch

Nee, ist gar nicht geheim, bitte unbedingt hier lesen! ↓

So, ich muss, muss, muss das jetzt aufschreiben, das glaubt mir ja sonst keiner. **Echt!** *Ich kann es selbst kaum glauben. Und ich will auf keinen Fall vergessen, wie das war, als Honigschnute in mein Leben purzelte!* **PLUMPS!** *Also kommt sie jetzt, die unglaubliche Geschichte über mich und mein Pony in der Stadt – eben* **alles** *über* **Jula**!

Alles neu

Oh, war das furchtbar, als meine Eltern mir sagten, dass wir in die Stadt ziehen. Weg von meinen Freunden, weg von Oma, weg von meinen geliebten Pferden auf dem Müllerhof! Ich war so sauer, ich bin herumgesprungen wie Rumpelstilzchen. Aaahhh! Aber Papa wollte wieder als Lehrer arbeiten und er hat nur in der Stadt eine Stelle bekommen. Zu weit, um jeden Tag hinzufahren. SEUFZ! Mama hat dann gleich beschlossen, sich endlich eine eigene Praxis einzurichten – sie ist nämlich Logopädin und hilft Kindern beim Sprechenlernen und auch

Kranken und so. Find ich ja auch gut, aber …
was ist mit mir? Hääää? Ich wollte NICHT in eine neue Schule! Und schon gar nicht wollte ich weg von Antonella, Blitz, Fiona und den anderen tollen Pferden. Da konnte ich mit dem Rad hinfahren, so nah war das! Und dann habe ich mir vorgestellt, dass ich in der Stadt mit der U-Bahn zur Schule fahren muss, eine Stunde oder so. Aber das ist gar nicht so. Ich habe Glück gehabt. PUUHH!

„Glück im Unglück", hat meine Oma Lise gesagt. Die neue Schule ist nur drei Straßen weit weg und ich kann mit Papa gehen, der ist nämlich an derselben Schule Lehrer. Natürlich nicht in meiner Klasse, das wäre ja echt merkwürdig.

Das mit dem Glück, das lag bestimmt am Hufeisen. Ich habe nämlich ein Glückshufeisen von Oma bekommen. Für mein neues Zimmer.

Es ist uralt und schon von ihrem Opa, sagt sie. Wenn man draufspuckt *(natürlich nur ein bisschen!)*, bringt das Glück. Und obwohl es ja echt blöd war umzuziehen und ich auch wirklich seeehr traurig war, hat das mit dem Glück doch ein bisschen geklappt. Wir haben nämlich eine ganz tolle Wohnung. Mit Garten! Yeah! Das ist selten in der Stadt, hat Papa gesagt. Und mein Zimmer ist auch super. Meine Eltern haben es mit mir eingerichtet – ein gemütliches Bett mit einer Riesenschublade, in der noch ein Bett ist, damit mich meine Freunde immer besuchen kommen können. Neue Bettwäsche, Pferdeposter und ein neuer Schreibtisch. Ich muss zugeben, das ist ziemlich cool.

Am ersten Schultag war ich dann sehr aufgeregt. Schon auf dem Weg von unserer Wohnung zur Haustür bin ich über meine Füße gestolpert. **BOOIING!** Da habe ich auch den doofen Matteo aus dem ersten Stock kennengelernt. Der kam gerade die Treppe runter. Statt mal nett „Hallo" zu sagen oder so was, hat er mich ausgelacht. **HAAHAA!** „Was war das denn für ein Getrampel?", hat er gefragt. **Wie bitte?**

Ich bin vor Wut knallrot geworden, aber ich habe nichts gesagt. Trampel? Wofür hält der sich? Der kann mich doch nicht Trampel nennen! Leider habe ich dann gemerkt, dass er auch auf meine Schule geht. Aber zum Glück schon in die vierte Klasse, ich bin ja noch in der dritten. Papa und ich sind also die ganzen drei Straßen hinter ihm hermarschiert. **LAAAAAATSCH!**

Als Papa ins Lehrerzimmer gegangen ist und ich ganz allein auf dem Schulflur stand, war mir

echt mulmig. **Uffff.**
Das war hier alles viel größer als in meiner alten Schule! Wo sollte ich denn jetzt hin? ?!?

Zum Glück kam in dem Moment Charlotte.

Erst mal ist sie voll gegen mich geknallt. **RUMS!**
Und ich dachte: „Was ist das denn für eine blinde Eule?"

Aber dann war sie wirklich nett und sagte: „Oh, sorry, ich hab dich gar nicht gesehen. Ich bin Charlotte. Und manchmal echt ein Trampel, sagt meine Mama."

Da musste ich lachen. „Da sind wir schon zwei!", sagte ich und erzählte ihr vom blöden Matteo.

Charlotte staunte. „Ehrlich? Den kenne ich. Ich dachte immer, der ist ganz nett", meinte sie. „Aber das war ja total fies. Oh, hallo, Frau Tulpe!"

Eine junge Lehrerin kam auf uns zu. „Hallo, Charlotte", sagte sie und wandte sich dann an mich. „Bist du Jula? Schön, dass ich dich hier treffe, du kommst nämlich in meine Klasse. Wir drei können gleich zusammen hingehen."

BUUUUUUMMMMMM,
BUUUUUUMMMMMM …

Mein Herz hüpfte. Vor Aufregung. Und ein bisschen vor Freude. Denn Charlotte war echt nett und offenbar in meiner Klasse. Yippie!

(M)ein Pony fällt vom Himmel

Ja, so fing das alles an. Aber eigentlich wollte ich ja von Honigschnute erzählen.

Also, als wir schon beinahe zwei Wochen in Hasenau , so heißt unser Stadtviertel, wohnte, hat Charlotte mich dann zum ersten Mal besucht. Juuhuu!

Wir haben uns im Garten hinterm Haus breitgemacht. Der ist zwar nur ganz klein, aber auf dem Rasen ist genug Platz für unseren Pool.  Also, eigentlich ist es eher ein Planschbecken – aber gerade groß genug, um sich darin kurz

abzukühlen. Es war schon ganz schön heiß für Mai **PUUHHH!**, also haben wir ihn mit Wasser volllaufen lassen und uns in unseren Badeanzügen hineingelegt.

Plötzlich fragte Charlotte: „Warst du eigentlich schon im Park?"

„Was für ein Park?", fragte ich.

Charlotte sprang auf. „Na, gleich um die Ecke, hast du den noch nicht gesehen?"

Nee, hatte ich nicht. **Wann denn?** Mama und Papa hatten zwar versprochen, mit mir die Umgebung zu erkunden, aber bisher packten wir noch jeden Abend Kartons aus und räumten Schränke ein – irgendwie war immer was zu tun gewesen. **ÄCHZZZ!**

„Na, dann los", rief Charlotte.

Wir zogen uns an und fragten kurz meine Eltern, dann liefen wir los. **FLITZ** ... Es war nicht weit, nur eine Straße links um die Ecke.

Ich war trotzdem froh, dass Charlotte sich so gut auskannte, denn für mich sahen die langen Häuserfassaden hier alle gleich aus. Charlotte griff einfach meine Hand **ZACK!** und zog mich mit sich. Das fühlte sich an wie Freundinnen-Sein und ich merkte, dass ich das ziemlich gut fand.

Den Park fand ich auch ziemlich gut. Diesen Park kann man gar nicht *nicht gut* finden. Es gibt Spazierwege für Erwachsene und Blumenbeete und solche Sachen.

Aber für Kinder gibt es noch viel mehr: einen supertollen Spielplatz und auf der anderen Seite sogar einen Kletterpark, außerdem eine Skateranlage und einen Wasserspielplatz. **WOW!** Ich konnte gar nicht so viel gucken, wie es zu sehen gab! Wir liefen durch den ganzen Park und Charlotte zeigte mir alles.

„Schau mal, hier ist noch ein Teil der alten Stadtmauer", erklärte sie, als wir vor einer dicken Steinmauer standen, die schon ziemlich nach Ruine aussah. **BRÖÖÖSSSELLL!** „Hinten gibt es Treppenstufen. Geh du nach vorn, ich klettere rauf, dann spielen wir Rapunzel", sagte Charlotte grinsend. 

Ich lief also vor die Mauer und sah nach oben, weil ich dachte, dass Charlotte dort gleich auftauchen würde. Doch die Rapunzel, die auf der Mauer erschien, sah kein bisschen aus wie Charlotte. Dafür hatte sie tatsächlich eine

Menge Haare ... **Huch!** Es war ein wuscheliger dicker Ponykopf, der mich neugierig ansah.

„Bist du Rapunzel?“, fragte ich erstaunt.

WWWWIIIIHHHHIIII,

wieherte es laut und im nächsten Augenblick sprang das Pony zu mir herunter. **Aaaaahhhhh!**

Zum Glück für das Pony war die Mauer nicht hoch. Und zum Glück für mich war ich noch schnell zur Seite getreten. Ufffff!

„Was machst du da?", rief Charlotte von der Mauer.

Meinte sie mich oder das Pony? Ich konnte nicht denken. Ich konnte nur das Pony anglotzen. Verflixt, war das niedlich! Sein Fell war wild hellbraun-weiß gesprenkelt. Es sah aus, als wären seine vielen Sommersprossen langsam über den ganzen Körper gewandert. Tipp-tapp-tipp! Um den Kopf herum stand die helle blonde Mähne in alle Richtungen ab und versteckte die neugierigen schwarzen Augen. Ganz oben schauten zwei braune Ohrenspitzen heraus. Süüüß! Ich lachte. „Du siehst ganz schön frech aus", fand ich.

Das Pony zuckte zustimmend mit den Öhrchen. Es war ein sehr, sehr kleines Pony. Ich konnte

ohne Mühe über seinen Rücken streichen. Und das tat ich auch. Was für ein weiches Fell es hatte! Ich schnupperte daran. MMMHHH, wie gut das roch! Nach Landluft und Zuhause und nach … nach … irgendwie nach Honig. 
Lecker! Kein Wunder, es war so süß! Das Pony schnupperte gleich zurück und schnaubte in meine Haare. Das kitzelte!

HHHIIIHHHII!

Charlotte war nun auch heruntergekommen und sie und ich beschmusten das Pony von beiden Seiten. Ich freute mich, dass sie Pferde genauso gern mochte wie ich. Yeah! „Am liebsten würde ich es klauen“, meinte ich schließlich.

Charlotte grinste. „Klein genug ist es ja", meinte sie. „Ab in die Jackentasche mir dir, Ponyzwerg!" HEPP!

„Wem es wohl gehört?", überlegte ich.

Charlotte zuckte mit den Schultern. „Wir fragen einfach mal ein paar Leute, vielleicht weiß ja jemand etwas."

Wir gingen also die Wege entlang und fragten jeden, der uns begegnete, ob er das Pony kannte, das putzigerweise die ganze Zeit von allein hinter uns herlief. Doch niemand wusste etwas. Seltsam.

Der Kioskverkäufer dachte sogar, wir würden ihn veräppeln.

„Ist das ein Witz?", fragte er misstrauisch. Doch dann schob er den Kopf durch das kleine Fenster und entdeckte das Pony. „Wow, das ist ja wirklich ein Pferd!", rief er. „Bisschen geschrumpft vielleicht. Ihr müsst es mehr gießen, damit es wächst." **Haaahaaa!** Er lachte laut los. Und obwohl der Witz blöd war, glucksten Charlotte und ich mit. **HHIIIHHII!** Der Mann lachte so lustig!

WWIIHHII-
WIHI-WIHI,

fiel das Pony plötzlich auch noch ein und nickte mit dem zotteligen Kopf.

Der Kioskmann hielt inne. „Das ist bestimmt dressiert“, meinte er. Ach so? Dann sagte er: „Ich bin Toni. Ihr könnt ein Suchplakat malen und es bei mir aufhängen. Ich frag auch die Leute, ob sie von einem vermissten Pony gehört haben. Aber jetzt müsst ihr es mitnehmen.“ Er deutete auf das Pony, das neugierig an den roten Blumen schnüffelte, die neben dem Kiosk standen. SCHNUPPER! Es sah so aus, als würde es sie gleich fressen, deshalb gingen wir rasch dazwischen.

„Lass das!“, sagte ich zum Pony. Und „Danke!“ zu Toni.

Charlotte schob das Pony von den Blumen weg SCHIIIEB! und meinte: „Sollen wir es einfach erst mal mit in euren Garten nehmen?"

Ich grinste. Jaaa!!! Sanft legte ich meine Hand auf den Ponyrücken und lief los. Charlotte machte es auf der anderen Seite des Ponys genauso. Wir wanderten los und das Pony trabte mit wackelndem Hintern zwischen uns. Ich konnte den Ponyduft riechen und lauschte den klappernden Hufen. Ab und zu schnaubte das Pony. PPFFRRRR! Ich grinste glücklich.  Wer hätte gedacht, dass es in der Stadt so aufregend werden würde. Vielleicht konnte ich das Pony ja sogar behalten!

Buhu, ich darf das Pony nicht behalten

„Niemals“, sagte Mama.

„Auf keinen Fall“, meinte Papa.

AAARRRGGHHHH!

Meine Eltern waren gar nicht begeistert, als Charlotte und ich mit dem Pony in den Garten stiefelten. Kein bisschen! Dabei sind wir nicht mal durchs Haus gegangen, sondern haben uns extra bei den Mülltonnen an der Hauswand entlanggezwängt. QUETSCH! Und sie sagten, ich dürfe es nicht behalten. Dabei wäre es toll, endlich wieder jeden Tag ein Pony zu streicheln.

Das fehlte mir so! Mein Bauch war voller Sehnsuchtsschmetterlinge. 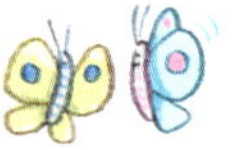

„Wieso denn nicht?", jammerte ich und strich dem Pony über die weiche Nase. **Es war so süß!**

Papa stemmte die Arme in die Hüften und sah mich streng an. „Weil wir in der Stadt wohnen. Unser Gartenstück ist viel zu klein. Ein Pony braucht Auslauf."

„Es ist doch klein, **mini!**, es braucht nicht viel Platz und wir kümmern uns immer darum. Versprochen!", schwor ich und machte so große **BITTE-BITTE**-Augen, wie ich nur konnte.

„Nein", sagte Papa streng. „Das Pony muss wieder raus aus unserem Garten."

Menno! „Soll ich es vielleicht auf die Straße schieben, damit es vom nächsten Auto überfahren wird?", rief ich beleidigt. Das war doof, ich weiß. Aber ich wollte das Pony nicht weggeben! 

„Wir finden den Besitzer schon", sagte Mama.

„Erst muss ich mit euch umziehen und jetzt muss ich mein Pony hergeben. Das ist so gemein!"

Ich ging hinaus zum Pony und drückte mein Gesicht in seine zottelige Mähne. **SCHNIEF!** Es knabberte tröstend an meinem T-Shirt.

MAMPF!

„Mist", sagte Charlotte leise. „Auf unseren winzigen Balkon passt es auch nicht."

Traurig strichen wir über das sommersprossige Fell. Das Pony drehte den Kopf neugierig in alle

Richtungen und schnaubte vergnügt. PFRRRR!
Es schien ihm bei uns zu gefallen. Seufz!

Plötzlich rief jemand: „Was ist das denn, der neue Rasenmäher?“ Charlotte und ich sahen nach oben. ?!? Vom Fenster im ersten Stock sah Matteo grinsend zu uns herunter.

„Ich sag doch, der ist doof“, raunte ich.

„Ist doch eigentlich ganz witzig, oder?“, flüsterte Charlotte.

Ich sah sie empört an. Echt jetzt?

In diesem Moment kam Papa mit einer Möhre zu uns. Er reichte sie dem Pony. KNABBER!

„Das Pony kann hinten beim Kompost stehen, bis …“

Ich fiel ihm um den Hals. Juhu!

„Du bist der Beste“, jubelte ich.

„Halt, halt“, sagte Papa. STOP „Bis wir den Besitzer gefunden haben.“

Ich drückte ihm einen Kuss auf die Wange.

SCHMATZ! „Na klar, nur bis dann. Danke, Papi!“ ❤

Papa zog eine Augenbraue hoch, dann lief er zu dem winzigen Gartenschuppen. „Ich schau mal, ob wir Absperrband oder so was haben …“

„Und ich telefoniere ein bisschen herum“, sagte Mama und griff nach ihrem Handy. **Verflixt!** Mama war gut in solchen Nachforschungssachen.

Charlotte sah mich unglücklich an. „Was, wenn sie den Besitzer ganz schnell findet?“, fragte sie und strich dem Pony zart über die Nase.

Tja …

Ich versuchte, mit den Fingern die zottelige Mähne des Ponys durchzukämmen. Das Pony stupste liebevoll zurück. **SCHUBS!**

„Das glaube ich nicht", sagte ich schließlich. „Das Pony ist für uns bestimmt."

Ich war mir absolut sicher. Das Pony würde hierbleiben. **Bei mir!** Und bei Charlotte natürlich.

Während Mama bei Pferdehöfen und der Polizei anrief, zog Papa ein langes Seil als Absperrung um die hinterste Ecke im Garten. **ZZZURRRR!** Charlotte und ich holten einen Eimer Wasser. Das Pony knabberte so lange Gras. **SCHMATZ!**

„Ja, mach dich nützlich", rief Papa ihm zu. „Dann muss ich wenigstens nicht mehr Rasen mähen."

Ich lobte das Pony flüsternd. „Und wenn du mal musst, machst du schön auf den Komposthaufen, ja?" **Bitte, bitte!**

Das Pony schaute mich an, als würde es alles genau verstehen. Dann klimperte es mit seinen langen Wimpern.  Das sah zu niedlich aus!

Als es Zeit fürs Abendbrot war, verabschiedete sich Charlotte. „Versprich mir, dass du mich anrufst, bevor es abgeholt wird", bat sie. „Ich will Tschüss sagen."

Ich versprach es. Wir lockten das Pony mit Möhren hinter das Absperrband und wünschten ihm eine gute Nacht.  **Schlaf gut!** Es drehte uns neugierig den Kopf zu.

„Du schläfst heute hier", erklärten wir ihm.

Da schnaubte das Pony zufrieden und nickte. Glaube ich jedenfalls.

Kann ein Pony brav sein?

Als ich am nächsten Morgen aufwachte, sprang ich sofort aus dem Bett. Ich rannte zum Fenster, um nach dem Pony zu sehen. Dort in der Ecke war der Kompost … aber KEIN PONY! Ahhh!

„Nein!“, rief ich erschrocken und flitzte in die Küche. ZISCH! Papa deckte gerade den Frühstückstisch.

„Habt ihr es schon weggegeben?“, rief ich ängstlich.

Papa hob fragend eine Augenbraue. „Was denn?“, wollte er wissen.

„Das Pony!", rief ich. **Mensch, Papa!**

Papa drehte sich zum Fenster. „Ach, das habe ich ganz vergessen …"

Wie konnte man so etwas vergessen? Ich riss die Terrassentür auf und rannte los. Dann stoppte ich, denn neben mir hatte sich was bewegt. **ZAPPEL!** Als ich mich zur Seite drehte, kicherte ich. Das putzige kleine Pony hatte es sich in der alten Hollywoodschaukel der Vormieter gemütlich gemacht! **Hihi!**

Mama kam auf die Terrasse. Sie sah auf die Schaukel und schnappte empört nach Luft.

Äh …! „Was macht das Ding denn da? Hol es runter, Jula! Nachher pupst es hier noch einen Haufen hin." Sie ging zur Hollywood-schaukel und rüttelte ein bisschen an der Stange. **RÜTTEL!** „Kusch, kusch, weg da!"

Papa und ich grinsten.  Das Pony sah Mamas Hand neugierig an und leckte dann mit seiner Ponyzunge darüber.

„Iiiiih!", quiekte Mama. Hihihi!

Papa prustete los. Ich lief schnell zum Pony und redete ihm gut zu. „Na, komm schon, sei ein braves Pony, raus da. Bitte, du musst nett zu Mama sein." Na los!

Das Pony rekelte sich und wälzte sich umständlich aus der Schaukel heraus. **ÄÄÄCHZZZ!** Dabei warf es mir einen beleidigten Blick zu, der bestimmt „Ich *war* doch nett!" heißen sollte. Aber Mama sah das offenbar gar nicht so, sie guckte ziemlich sauer. Zitronensauer!

Mit einem Apfel lockte ich das Pony zurück in seine Gartenecke. **Komm, komm, komm!**

Mitten auf dem Rasen hob es seinen Schwanz, doch als ich erschrocken „Lass das, denk an Mama!" sagte 

, senkte es ihn wieder. Erst als es in seiner Ecke stand, äpfelte es brav auf den Komposthaufen. **PUUUH!**

„Du bist ein Schatz", sagte ich. Auf einmal fiel mir ein, dass mein Pony noch gar keinen Namen hatte. Ich überlegte, während ich es streichelte, ob „Schatz" ein guter Name für ein Pony war. **Hmm ...**

Nach dem Frühstück kam Charlotte vorbei.

Sie begrüßte das Pony ausgiebig, bevor wir in die Schule mussten. **Jetzt aber flott!** Papa war schon weg, als wir losliefen, und wir beeilten uns. Ich war froh, dass ich mit Charlotte allein gehen konnte, doch daraus wurde nichts, denn Matteo latschte neben uns her. **ÄÄÄCHZZZ!**

„Na, jetzt habt ihr wohl zwei Ponys, was?", fragte er.

Ich rollte die Augen. Was sollte das denn jetzt heißen? **Der nervte!** Ich beachtete ihn nicht.

Doch Charlotte fragte: „Wieso?"

„Na, *ein* Pony habt ihr im Garten und *einen* Pony hast du im Gesicht." Er grinste, als wäre das der beste Witz der Welt.

„**HAHA!**", sagte ich abfällig. Was für ein blöder Witz. Und er stimmte noch nicht mal, denn Charlotte hat gar keinen Pony, ihre Haare sind total lang.

Doch Charlotte lachte, pustete eine Haarsträhne nach oben und sagte: „Aber der hier kann fliegen“, sagte sie.

Jetzt lachte Matteo. Und ich kam mir blöd vor.

Grrr.

Als Matteo vorauslief, zupfte ich Charlotte am Ärmel. „Findest du den nicht doof?“

„Nee, ich finde ihn witzig“, sagte sie.

Da war ich ein bisschen beleidigt. Sollten Freundinnen nicht immer zusammenhalten? 

Aber Charlotte knuffte mich. PPPUUFFF!
„Wir können doch mal anderer Meinung sein“, sagte sie. „Du findest ja auch Pferdeäpfel nicht schlimm, die ich total eklig finde.“

Ich musste grinsen. Stimmt, da war Charlotte echt ein Mäuschen. 

Gut gelaunt liefen wir zur Schule und erzählten natürlich sofort der ganzen Klasse von unserem Pony. BLAAABLAAABLAAA

Die anderen konnten es gar nicht glauben: „Was, ein echtes Pony?“, rief Maxim.

„Ich gehe heute auch in den Park“, verkündete Mia.

„Das stimmt doch gar nicht“, meinte Samira.

„Doch, ehrlich“, versicherte ich. „Es ist sogar vom Himmel gefallen. Als wir …“

In diesem Moment kam Frau Tulpe herein und ich musste aufhören, vom Pony zu erzählen.

Schade! Doch die anderen zischten mir immer wieder Fragen zu, die ich leise beantwortete. Frau Tulpe sah mich ein paarmal streng an und nach einer Weile wurde es ihr zu bunt.

„So“, sagte sie, „notiert euch bitte die Hausaufgaben: Ihr schreibt einen kurzen Aufsatz über ein Haustier. Wer keines hat, denkt sich eins aus. Und Jula, du schreibst alles über dein Pony auf. Morgen darfst du es dann laut vorlesen und musst nicht mehr im Unterricht flüstern.“ **Waaas?**

Ich wurde rot. **Oje**, ich würde den anderen doch in der Pause noch alles erzählen. Was, wenn das Pony heute gar nichts machte und nur brav im Garten herumstand? **GÄÄÄHHHN!** Was sollte ich denn dann schreiben?

Den ganzen Vormittag dachte ich entweder über den Aufsatz nach oder darüber, ob das Pony nachher wohl noch im Garten stehen würde. Ich konnte mich kein bisschen konzentrieren.

Es ist so zucker-schnucker-honigsüß!

Doch ich hätte mir keine Sorgen machen müssen. Nach der Schule gingen Charlotte und ich schnell heim und liefen sofort in den Garten: Das Pony war noch da. Ufffff!

Matteo stand auch schon auf seinem Balkon und rief uns grinsend zu: „Euer Rasenmäher hat zugeschlagen." Häää?

Wir sahen genauer hin und erschraken: Das Pony stand vor einem Beet, in dem gestern noch sehr viele bunte Blumen geblüht hatten. Oh, oh! Nun sah das Beet aus wie ein platt getrampelter

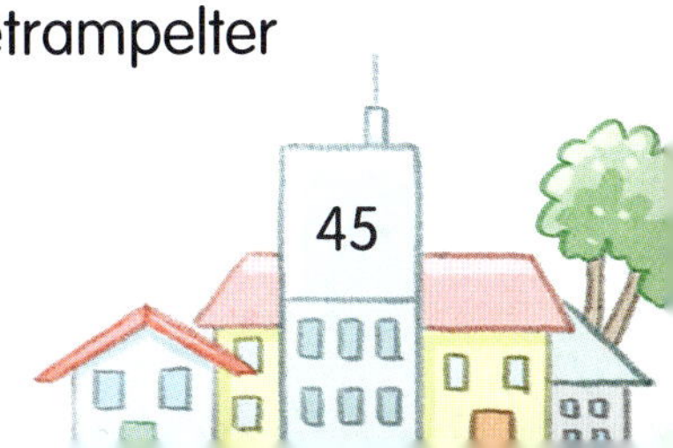

Rasen. Unser Pony hatte keine einzige Blüte übrig gelassen.

„Neiiiin!“, quiekte ich und rannte zum Pony, das mich erfreut anschaute und laut wieherte.

WWWWIIIIHHHHIIII!

Ich zog es vom Beet weg und sah zerknirscht zu Charlotte. Die war ganz blass.

„Mögen deine Eltern gerne Blumen?“, fragte Charlotte vorsichtig.

„Na klar“, stöhnte ich. „Welche Erwachsenen mögen keine Blumen?“

„Besser, ihr bindet das Pony mal fest, damit es nicht noch mehr anstellt“, rief Matteo und verschwand vom Balkon.

Ich schnaufte empört. Anbinden? **Nix da.**

Charlotte und ich standen hilflos herum. Das Pony leckte an meinem Arm. **SABBER!**

„Wenigstens hast du jetzt eine Geschichte für

deinen Aufsatz", meinte Charlotte lachend.

Na super.

„Und was machen wir mit dem Beet?", fragte ich seufzend.

„Wir könnten doch heute Nachmittag Muffins backen  ", schlug Charlotte vor. „Damit können wir uns bei deinen Eltern entschuldigen, wenn sie das Beet entdecken", meinte sie.

Guter Plan. „Und wenn sie sehen, wie fleißig wir sind, glauben sie uns vielleicht, dass wir uns auch gut um ein Pony kümmern können."

Tschakka! Prima Idee. Ich mag Muffins. Leider bin ich keine gute Bäckerin. Manchmal hatte ich mit Oma gebacken, aber irgendwie waren dabei meistens die Eier neben der Schüssel gelandet **PLATSCH!** und das Mehl auf mir statt im Teig. **Ups!** Oma hatte dann gesagt: „Macht nix, Jula, nicht verzagen, irgendwann klappt's."

Aber Charlotte erzählte, dass sie total oft und gern backt, sogar allein. WOW! „Nur beim Ofen helfen meine Eltern“, sagte sie.

Wir streichelten das Pony ausgiebig KNUDDEL! und schoben es zurück hinter sein Absperrband, denn es war Zeit fürs Mittagessen.

Charlotte ging nach Hause und ich aß mit Papa Kartoffelauflauf. Mama kann donnerstags leider keine Mittagspause machen.

Danach erledigte ich erst mal meine Hausaufgaben – auch den Aufsatz über das blumenfressende Pony schrieb ich. Fast eine ganze Seite! 

Als Charlotte klingelte DINGDONG!, hatte ich alles fertig. Charlotte hatte ein Rezept mitgebracht und wir gingen in die Küche. Wir mussten erst eine Weile kramen WÜHL, bis wir den Mixer und die Backformen fanden, denn hier standen noch Umzugskartons herum. Chaos! Dann suchten wir Mehl, Eier und die anderen Zutaten zusammen. Das Abwiegen und Teigrühren überließ ich Charlotte, denn die Muffins mussten ja unbedingt gelingen! Aber ich sah genau zu  und bastelte nebenbei hübsche kleine Muffin-Schildchen. SCHNIPP-SCHNAPP! Vielleicht würden Mama und Papa sie so süß finden, dass sie mir doch das Pony erlaubten? Toi, toi, toi!

Wir holten Papa, damit er den Ofen einschaltete, schoben die Muffins hinein und stellten die Uhr.  Nun hatten wir endlich Zeit für das Pony.

Und – du ahnst es nicht – das Pony wartete schon vor der Terrassentür auf uns. Süß! Beim Warten hatte es leider Mamas Küchenkräuter angeknabbert, ähem, aber wir drehten die Töpfe einfach, dann sah man das kaum. 

Als wir im Garten spielten, entdeckten wir, dass das Pony Zirkuskunststücke kann. Echt! Ohne zu mucken, stieg es durch einen Reifen und über ein Hindernis aus Papas Gummistiefeln und einem Besen. HEEPPP! Nur über den kleinen Pool wollte es nicht springen, dabei schafften sogar Charlotte und ich das. Als es begann, das Wasser aus dem Pool zu trinken SCHLÜRF!, bekamen Charlotte und ich auch Durst. Wir liefen in die Küche, kochten Himbeertee und stellten

Tassen, Honig und die Muffins auf den Gartentisch.

Papa war inzwischen in einen Tierfutterladen gefahren und hatte ein Bund Heu und Karotten gekauft. Danke, Papi! Wir nahmen ihm die Sachen ab und trugen alles zur Kompostecke. SCHLEPP! Die Eieruhr klingelte und Papa holte die fertigen Muffins aus dem Ofen. PING!

Kurz darauf hörten wir Papa schimpfen: „Das ist *mein* Honig, du Klaupony, du kriegst nur Heu!" Oje! Als wir uns umdrehten, sahen wir Papa, der das Honigglas in den Händen hielt und das Pony empört anstarrte. 

Das Pony starrte verwundert zurück.
Dann leckte es sich mit der Zunge über die golden schimmernden Lippen, von denen noch einige Tropfen Honig zu Boden fielen.
SCHLEEEECK! Das sah so putzig aus!
Mein Herz schlug plötzlich schneller.

BUMMM-BUMMM-BUMMM

„Jetzt weiß ich, wie es heißt", flüsterte ich Charlotte zu. „Honigschnute!"

„Perfekt", stimmte Charlotte mir zu.

Kuscheln mit Honigschnute

Die Muffins hatte Honigschnute zum Glück nicht angerührt, wir konnten sie also zum Tee futtern.  Doch erst mussten wir beichten und zeigten meinen Eltern das abgenagte Beet.

„Nein, die waren so schön“, klagte Mama.

Oh, oh!

Honigschnute schob ihren niedlichen Kopf entschuldigend in Mamas Hand, doch Mama zuckte zurück und verschränkte rasch die Arme.

Hmm … Hatte Mama etwa Schiss vor dem Pony?

Papa war wegen der Blumen nicht sauer. Ich hatte fast das Gefühl, dass er ein bisschen grinste.  „Macht doch nichts, Klara", sagte er. „Die haben sowieso etwas gestunken. Wir pflanzen neue. Vielleicht Rosen, die magst du doch so gern." 

Mama nickte ergeben. „Na gut."

Ich sah Papa dankbar an. Rosen würde Honigschnute bestimmt nicht fressen, die hatten doch Dornen. Gute Idee!

MMH! Die Muffins schmeckten himmlisch! Und als Entschuldigung waren sie auch prima. Aber ponyverliebt machten sie Mama leider nicht. Schade. Dafür lockten sie unerwünschte Besucher an: Matteo kam an den Zaun und sah neugierig herüber. „Hallo“, sagte er. „Bei euch riecht's aber gut.“

Na, und ob!

Papa winkte ihm und meinte: „Möchtest du auch einen Muffin? Komm doch rüber!“

Matteo hatte schon fast ein Bein über den Zaun gesetzt, da rief ich rasch: „Leider sind nicht genug Muffins da. Unser Rasenmäher hat alle verschlungen.“ MAMPF!

Während Mama und Papa mich verständnislos ansahen, zog Matteo eine Grimasse, zuckte mit den Schultern und ging weiter. HUST!

Charlotte bekam einen Lach-Krümel-Husten-Anfall.

Mama reichte ihr etwas zu trinken und meinte, wir bräuchten wohl etwas zu tun, damit wir nicht weiter arme Jungs ärgern. Bäääh!

Also mussten wir nach dem Tee ein großes Suchplakat malen KRITZEL und zum Kiosk bringen. Charlotte malte Honigschnute mit einer wilden Zottelmähne und ich schrieb „Wer kennt dieses Pony?" groß oben drüber. Hübsch! Ich steckte eine von Mamas neuen Visitenkarten ein, um sie dem Kioskverkäufer zu geben. Er musste

uns ja anrufen, wenn er etwas Neues erfuhr. **SEUFZ!** Mit dem Plakat unterm Arm liefen wir zum Kiosk.

Toni grinste breit, als er uns entdeckte.

„Ach, ihr seid das wieder“, sagte er. „Na, wo ist denn das geschrumpfte Pony?“ **Haaahaaa.**

„In unserem Garten“, antwortete ich.

„Was, das ist okay? Na, du hast ja coole Eltern“, meinte Toni. **Ach ja?** „Da kann das Pony auch bleiben, denn ich habe viele Leute gefragt, niemand wusste was. Und ich kenne ja nun wirklich jeden hier.“ **KLACK!** Er schnalzte mit der Zunge. „Ist das euer Suchzettel? Den kannste hier aufhängen, am besten da, neben dem Fenster.“

Er reichte mir eine Rolle braunes Klebeband und Charlotte und ich klebten das Plakat an die Wand. PATSCH!

„Danke, Toni“, sagte ich und gab ihm die Rolle zurück. Der war nett.

„Nichts zu danken“, brummte er lächelnd. „Ich drück euch die Daumen, dass sich niemand meldet.“ Er zwinkerte uns verschwörerisch zu KLIMPER und wir liefen nachdenklich zurück.

„Irgendwoher muss Honigschnute ja kommen“, meinte Charlotte. „Ponys leben nicht einfach im Stadtpark wie Kaninchen . Die gehören immer jemandem.“

Ich nickte. Stimmt. Aber darüber wollte ich gar nicht nachdenken. Ich wollte viel lieber davon träumen, dass Honigschnute für immer in unserem Garten wohnte.  „Wir könnten immer mit ihr spielen“, überlegte ich. „Und sie könnte uns trösten, wenn wir einen schlechten Test schreiben.“

Charlotte kicherte. „Oder den Test lieber gleich auffressen.“ KNABBER!

WOW! Das wäre echt perfekt.

Zu Hause erwartete Honigschnute uns mit sehnsüchtigem Wiehern. WWIIHHHII!

„Oh, du Arme“, beruhigte Charlotte sie. „Warst du einsam ohne uns?“ Bestimmt!

Wir knuddelten sie. SCHMUS! Charlotte strich ihr über den Bauch und du glaubst nicht, was Honigschnute dann machte: Wie ein Hündchen kullerte sie auf den Rücken und streckte die vier Beine in die Luft. Süüüß!

„Ich denke, wir sollen ihr Bäuchlein kraulen“, meinte Charlotte.

Das Pony hielt ganz still, während wir über sein warmes Fell strichen.

Danach ließ sich Honigschnute im Gras auf die Seite fallen und döste. CHHRRR!

Ich lag hinter ihrem Rücken im Gras und legte meinen Kopf auf den warmen Ponyhals. Charlotte lag vor ihrem Kopf und schmiegte ihre Nase an Honigschnutes. **So gemütlich!**

„Ich finde es traurig, dass sie heute Nacht ganz allein schlafen muss“, sagte Charlotte. „Schade, dass wir sie nicht mit ins Bett nehmen können. Klein genug wäre sie ja.“

Ich hob den Kopf. **Hmm ...** „Wenn sie nicht bei uns schlafen kann ...“, begann ich.

„... schlafen wir bei ihr“, beendete Charlotte quietschend den Satz. **UUUIIII!**

(Merkst du es? Charlotte und ich wurden gerade so richtig gute Freundinnen!)

„Ich habe einen Schlafsack zu Hause!“, sagte Charlotte. 

„Ich auch. Und wir haben zwei Gartenliegen. Warm genug ist es sowieso und morgen ist Samstag, also keine Schule“, meinte ich. „Aber wir schleichen

uns heimlich raus. Mama erlaubt das nie." **Geheimnis!**

Dann musste Charlotte zum Essen nach Hause. Sie versprach, am Abend mit Schlafsack und allem Drum und Dran wiederzukommen. **Perfekter Plan!**

Es war kein bisschen schwierig, Mama davon zu überzeugen, dass Charlotte bei mir übernachten durfte. Dass wir draußen schlafen wollten, sagte ich lieber nicht. **Geheim!**

„Na klar“, meinte sie. „Ich rufe Charlottes Eltern an. Gibst du mir die Nummer?“

Den ganzen Nachmittag übte ich mit Honigschnute neue Kunststücke. **Sie ist super!** Mama rief noch einmal bei allen Tierärzten in der Umgebung an und Papa hockte auf der Terrasse zwischen lauter Büchern und Diktatheften der Viertklässler, die er korrigieren musste. Gerade als mir langweilig wurde, kam Charlotte endlich.

Weil es so ein warmer Frühlingsabend war, grillten wir. Danach fütterten Charlotte und ich Honigschnute und ich führte vor, was ich am Nachmittag mit dem Ponyfratz geübt hatte. **Los, Honigschnute!**

Als Mama uns zu Bett schickte, wollte ich erst meckern. Doch dann boxte Charlotte mit dem Arm in meine Seite. Autsch! Da fiel mir unser Plan wieder ein.

Es dauerte leider ewig, bis auch Mama und Papa ins Bett gingen. SEUFZ ... Charlotte und ich warteten noch kurz, dann schlichen wir zu Honigschnute. TIIPPP-TAAPPP-TIIPPP!

„Psst", machte ich. Nicht, dass die süße Schnute uns durch lautes Wiehern verriet. Zum Glück verstand das Pony. Es sah mich nur neugierig an. Aber wir waren wohl doch laut gewesen, denn auf einmal hörten wir ein „Hallo?".

SCHLUCK! Wir erstarrten. Ein Lichtstrahl zuckte durch den Garten. Ach du dicker Pferdemist, ein Einbrecher oder so was! **Was jetzt? Ahhh!** 

Aber es war nur Matteo. **Puh.** „Sorry, ich wollte euch nicht erschrecken“, sagte er lächelnd. „Ich dachte nur, ihr braucht sicher eine Taschenlampe.“ Er hielt mir eine silberne Lampe entgegen. **Oh.** Das war tatsächlich keine doofe Idee, fand ich und nahm sie. **Hm.** Wollte er jetzt etwa auch hier schlafen?

Doch er sagte nur leise: „Viel Spaß euch dreien!“, und verschwand wieder.

Charlotte und ich sahen uns an und kicherten los. **HHIIHHIIIHHII!**

„Vielleicht ist der blöde Matteo doch gar nicht so blöd“, meinte Charlotte.

Vielleicht.

Wir versteckten die Gartenliegen gut hinter den Sträuchern. Mama und Papa sollten uns nicht sofort entdecken, wenn sie aus dem Fenster schauten. **Logisch.** Zwischen den Liegen ließen wir ein bisschen Platz. Honigschnute legte sich schnaubend zwischen uns. **Süß, oder?**

„Ich find's toll, dass du jetzt da bist", flüsterte Charlotte mir zu.

Mein Herz hüpfte. „Ich find's auch toll, dass du hier bist", sagte ich. „Und dass Honigschnute bei uns ist." Dann wünschte ich mir noch einmal ganz doll, dass Honigschnute bei uns bleiben würde … und schlief mit der Hand auf ihrem Rücken ein.

Gute Nacht!

Ach, du dicke Hummel!

Am nächsten Morgen wurde ich von aufgeregtem Rufen geweckt. Ich verstand nicht, *was* gerufen wurde, aber irgendjemand war sehr hektisch. **Puh!** Ich öffnete ein Auge. Die Sonne schien schrecklich hell. Schnell zog ich den Schlafsack wieder über den Kopf. **ZACK!** Türen klapperten, dann wieherte jemand.

WWWWIIIIHHHHIIII!

Honigschnute? War sie nicht mehr zwischen Charlotte und mir?

Ich steckte den Kopf aus dem Schlafsack hervor – und blickte in Mamas Gesicht. **Huch!** Sie sah aus, als wüsste sie nicht genau, ob sie lachen oder schimpfen sollte.

„Tut mir leid, Mama“, sagte ich schnell.

„Ich habe euch überall gesucht“, sagte sie. Es klang ein bisschen streng und ziemlich erleichtert. „Ihr müsst Bescheid sagen.“

Ich nickte kleinlaut. **Stimmt.**

„Wie gut, dass das Pony zur Terrasse kam und mich zu euch

geführt hat", sagte sie dann. „Sonst hätte ich die Polizei gerufen."

„Das wollten wir nicht", versicherte Charlotte zerknirscht. 

„Schon gut", sagte Mama. „Ich muss eurem Pony wohl dankbar sein." Häää?

Hatte sie EUREM Pony gesagt? Ein kleiner Freudenpurzelbaum wirbelte durch meinen Bauch. HOOOPPLAAA!

Papa kam und zeigte hinter sich. „Da ist jemand für dich an der Tür", sagte er zu Mama. „Ein Herr Johannsen."

Mama stand auf. „Wer?", fragte sie verwundert. Dann schlug sie sich gegen die Stirn. PATSCH! „Ach, der! Ich habe gestern den Ponybesitzer gefunden. Er hat versprochen, gleich heute Morgen zu kommen.  Ich mochte es euch gestern noch nicht sagen." Verflixt!

„Da steckst du also", donnerte eine wütende

Stimme. **Huch!** Ein großer dunkelhaariger Mann stiefelte durch den Garten.

Charlotte, ich und sogar Mama zuckten zusammen. Honigschnute versteckte sich hinter Mamas Rücken. Wen meinte der Mann denn jetzt genau?

„Morgen, ich bin Edward Johannsen“, sagte er nun und reichte Mama die Hand. „Sie haben mich leider angerufen.“

„Leider?“, fragte meine Mutter verblüfft.

„Ja, leider. Ich dachte schon, ich bin das verrückte Ding los.“ Herr Johannsen seufzte. „Es macht nur Blödsinn. Dieses Pony passt einfach nicht auf einen Pferdehof. Es büxt ständig aus, verträgt sich nicht mit den anderen Ponys und frisst ihnen alles weg.“ **MAMPF!** Er schob seine Kappe nach hinten und kratzte sich am Kopf. „Ich wollte es gestern an den Zirkus verkaufen, der in der Stadt ist. Da passt es prima hin. Es lernt ganz schnell Kunststückchen. Schon gemerkt? Leider ist es mir ausgebüxt. Doch genau da werde ich es jetzt hinbringen.“

„Nein!“, riefen Charlotte und ich entsetzt. **Bitte, bitte nicht!**

Herr Johannsen sah von mir zu Charlotte und

dann zu Honigschnute. „Hm. Ich glaube, zu euch passt es noch besser. Eigentlich braucht es genau so etwas wie euch. Familie. Zwei Kinder, die immer mit ihm spielen, und geduldige Eltern. Wissen Sie was?“ Er sah Mama und Papa an. „Ich verkaufe Ihnen das Pony. Zehn Euro auf die Hand und ich schicke Ihnen den Kaufvertrag zu. Was meinen Sie?“ Er streckte die Hand aus.

Waas?!

Mama holte entsetzt Luft, doch Papa schlug ein, bevor sie etwas sagen konnte. TSCHACK!

„Einverstanden“, sagte er. Rasch griff er in seine Jeans und holte einen Zehneuroschein hervor. „Bitte schön.“ Mama starrte ihn sprachlos an.

Herr Johannsen lächelte. „Das fühlt sich besser an als die Lösung mit dem Zirkus. Hier hat Honeypony es sicher gut." **Und ob!**

Ich sah ihn verblüfft an. „Wie haben Sie es gerade genannt?"

„Honeypony, das ist sein Name. Weil es so gern Honig nascht." Er zwinkerte mir zu. „Aber nicht so viel geben, gesund ist das nämlich auch für Pferde nicht." Er hob die Hand zum Gruß und marschierte davon.

Papa sank gegen die Hecke und wurde blass. „Ach, du dicke Hummel", sagte er. „Ich habe gerade ein Pony gekauft!" **Jaaaa!** 

Honigschnute stupste ihm dankbar gegen das Bein.

Charlotte und ich jubelten. **JUUHUUU!**

So, nun weißt du, wie wir zu Honigschnute kamen. Ist es nicht unglaublich, dass sie vorher Honeypony hieß? Das ist Englisch und heißt Honigpony. **Echt!** *Dass ich das erahnt und ihr fast denselben Namen gegeben habe – das ist doch der Beweis dafür, dass wir zusammengehören, oder?* **Na klar!**

Nun haben wir natürlich viel zu tun. Honigschnute braucht einen kleinen Stall. Und Auslauf. Ob unser Garten dafür groß genug ist?

Hoffentlich! *Außerdem müssen wir dafür sorgen, dass Mama keine Angst mehr vor Honigschnute hat. Immerhin ist sie echt winzig.* **Mini!**

Du siehst, wir haben viel zu tun: meine neue beste Freundin Charlotte, Honigschnute, das süßeste Pony der Welt, und ich. Sind wir nicht ein tolles Dreiergespann?

Sandra Grimm wohnt mit ihrer Familie in Norddeutschland und schreibt seit vielen Jahren Kinderbücher. KRITZEL! Ein kleines Pony trabt leider nicht durch ihren Garten, aber ihre zwei Katzen sind genauso vernascht SCHLECK! und verschmust KUSCHEL wie Honigschnute. Und nach leckerem Gebäck duftet es bei ihr auch sehr oft. MMH!

Ein klitzekleines, eigenes Pony hätte Vera Schmidt in ihrer Kindheit auch unheimlich gerne gehabt und lernte sogar fleißig auf großen Pferden zu reiten. WIHI! Leider ging dieser Wunschtraum nicht in Erfüllung, also mussten eben ganz viele Pferde gemalt und gezeichnet werden. PINSEL! Neben all den großen und kleinen Ponys, die damals über den Malblock galoppierten, waren sicher schon einige freche Honigschnuten dabei, die jetzt von Neuem in ihrem Illustrationsbüro ihr Unwesen treiben dürfen. WIHI!

12 honigsüße Schnuten

Meine feinen Muffins haben Mama vielleicht nicht ponyverliebt gemacht, aber sie haben trotzdem himmlisch geschmeckt. Die musst du unbedingt mal ausprobieren!

MMH, LECKER

Du brauchst:

100 g Butter (zimmerwarm geht am besten)
100 g Honig (ich nehme immer Akazienhonig)
1 EL Vanillezucker
2 Eier (von glücklichen Hühnern)
200 g Weizenmehl
2 gestrichene TL
2 EL Milch
30 g Schokostreusel (Das werden Honigschnutes Sommersprossen!)

An den Mixer, fertig, los!

Rühre die Butter mit dem Handmixer in einer Schüssel schaumig. RATTER! Gib Honig und Vanillezucker hinzu und rühre weiter. Dann schlage die Eier hinein ZACK und mixe fleißig, bis ein schöner goldgelber Teig entstanden ist. Nun mischst du das Backpulver unters Mehl und verrührst es kurz mit dem Teig, ebenso die Milch.  Am Ende gibst du noch die Streusel in den Teig. Fette deine Muffinform mit Butter ein oder gib Papierförmchen in die Mulden. Fülle dann den fertigen Teig ins Muffinblech.

Nun ab in den Ofen damit: Denke an Topflappen! Backe die Muffins bei 180 Grad Ober- und Unterhitze ca. 20 Minuten (das kommt ganz auf deinen Ofen an).

Sehen die Muffins nicht aus wie Honigschnutes Schnute? Süß!

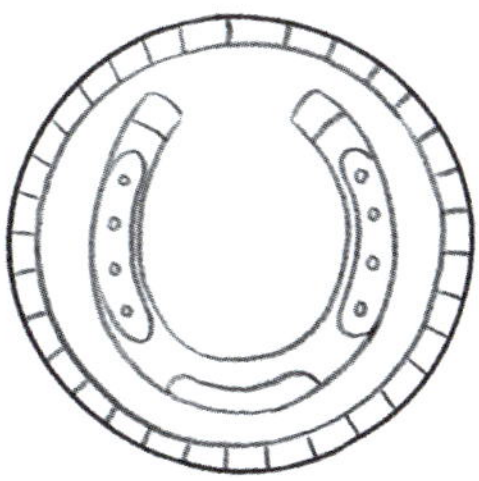

PONYMÄßIGEN APPETIT!

PS: Kopiere dir diese niedlichen Schildchen mehrmals. Schneide sie aus und klebe einen Zahnstocher mit Klebenband auf die Rückseite. Jetzt hast du tolle Dekostecker für deine Muffins.